TUCÁN

Rana por un día

FINALISTA DEL PREMIO EDEBÉ DE LITERATURA INFANTIL

M.ª Teresa Aretzaga

Rana por un día

Ilustraciones:
Xan López Domínguez

edebé

© M.ª Teresa Aretzaga, 1993

© Ed. Cast.: edebé, 2005
Paseo de San Juan Bosco, 62
08017 Barcelona
www.edebe.com

Directora de la colección: Reina Duarte
Diseño de las cubiertas: César Farrés
Ilustraciones: Xan López Domínguez

21.ª edición

ISBN 978-84-236-7545-6
Depósito Legal: B. 8005-2011
Impreso en España
Printed in Spain
EGS - Rosario, 2 - Barcelona

*A la memoria
del escritor Antoniorrobles,
mi maestro.*

No... Si el cuento terminaba, como casi todos, de lo más alegremente: «...Y cuando la princesa besó a la rana, ésta se convirtió en un apuesto príncipe; se casaron, fueron felices y comieron perdices.»

¡Hala! Como si, con eso, estuviera todo arreglado.

—Es que no me gustan mucho las perdices —se atrevió a protestar tímidamente el pobre príncipe, al tercer o cuarto mes de encontrarse el mismo menú: perdiz en pepitoria, a las finas hierbas; perdiz con guarnición, o sin ton ni son... Pero perdiz, de todas, todas.

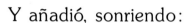

Y añadió, sonriendo:

—¿No podríais traerme unas moscas al ajillo?

Al imponente chambelán que, con un bastón de marfil en la mano y un medallón enorme colgado del cuello, dirigía el incesante ir y venir de los camareros, todos impecables con sus uniformes idénticos y sus blancos guantes, todos muy repeinados, muy serios y muy dignos, llevando en grandes bandejas de plata vasos y jarras de vino, además de, por descontado, fuentes rebosantes de perdices aderezadas en cualquiera de las mil setecientas setenta y siete maneras que el cocinero real conocía, le dio un soponcio al enterarse de lo que el príncipe había dicho.

—¡Moscas... al ajillo! —repitió con voz cavernosa, al tiempo que caía desmayado.

Pero es que, cuando se ha sido rana durante tantísimos años, algunas costumbres resultan difíciles de olvidar...

Más de una vez, en medio de alguna encopetada recepción oficial, mientras el príncipe discutía graves asuntos de Estado con el embajador de las Qimbambas o el ministro de Cualquier Cosa, había ocurrido que una mosca acertase a pasar cerca de él... Y la catástrofe se producía.

—¡Nada, nada, señor embajador! Transmitid a vuestro rey que las fronteras entre nuestros dos países nunca podrán ser objeto de negociación, y que,

si persiste en sus pretensiones, nos veremos obligados a...

En esto, un suave zumbido distraía
su atención; volvía rápidamente la cabeza y...

—¡Slurp! Deliciosa.... Oh, disculpad.
Decía que nos veremos obligados a de-
clarar la guerra.

El alto personaje, por supuesto, ponía cara de no haberse enterado de
nada, aunque lo suyo debía de costarle; pero a saber qué contaría después en su país. Los cortesanos se reían
por lo bajines, el rey estaba que trina-
ba, la princesa se ponía coloradísima...
Y el príncipe, muy compungido, prometía de todo corazón enmendarse y
no hacerlo más. Pero, tan pronto como

otra mosca se ponía a su alcance...

—¡Slurp!

Y es que, ya se sabe: cuando uno ha sido rana durante tantísimos años...

De poco servía que el rey hubiera hecho cambiar a sus reales guardias las largas y solemnes alabardas por unas palmetas matamoscas, que, pese a ser de oro, les daban un aire un poco ridículo, cuando, armados con ellas, custodiaban puertas y ventanas de palacio.

Las moscas aprovechaban cualquier resquicio para colarse, y entonces:

—¡Slurp!

Aunque esto era extremadamente fastidioso para la real familia, lo que de veras hizo enfadar al rey, desmayarse a la reina, chillar de rabia a la princesa y

carcajearse a mandíbula batiente a toda
la Corte en pleno fue cierta tarde —hacía un calor sofocante, todo hay que de-
cirlo—, cuando descubrieron al príncipe nadando tranquilamente, vestido
sólo con su larga camisa, en uno de los
estanques del jardín real.

    —¡Lo que pasa es que tú ya no me
quieres! —lloriqueó la princesa.

—Pero, ¿qué tiene de malo nadar un rato? —intentó él defenderse—. ¡Ven, ya verás qué buena está el agua!

—¿Por quién me tomas? Yo ya me he bañado este año, por Pascua Florida, como está mandado... Y en mi bañera de oro, no ahí, en el estanque, como... ¡Como una rana!

Y se marchó, con el apretado morrito dirigido hacia el cielo para demostrar lo muy ofendida que estaba.

El rey no tardó en llamar a su yerno.

—Mira, querido Rainer —le dijo, en tono muy grave—, hemos sido pacientes contigo, teniendo en cuenta tu..., en fin, tu procedencia. Pero comprenderás que todo tiene un límite, y yo no puedo permitir que continuamente pongas en ridículo a mi hija y a mi país con esas extravagancias tuyas. Conque, o cambias de comportamiento, o...

Y señaló la grande y labrada puerta, junto a la cual dos guardias montaban inmóvil centinela, armados con sendas paletas matamoscas.

Tristemente, el príncipe se encaminó a la salida.

—¡Y a vosotros —oyó que el rey gritaba, dirigiéndose a los guardias—, quiero veros, desde mañana, con vuestras alabardas reglamentarias! ¿Qué fundamento de palacio va a ser éste?

Pobre Rainer. Caminando, despacio, a través del inmenso parque, fue a sentarse cerca de los reales surtidores, que lanzaban hacia el cielo un sinfín de chorritos transparentes, los dejaban abrirse, allá arriba, como mágicas palmeras de cristal, y descender otra vez en suave lluvia, sobre el mármol blanquísimo del estanque y las felices plantas que lo rodeaban. El sol, atravesando las volanderas gotitas de agua, dibujaba un arco iris chiquito, como de juguete. Cada surtidor cantaba en un tono diferente, y todos juntos componían, a oídos del príncipe, una melodía mucho más armoniosa que cuantas pudiera interpretar, en los decorados salones, la estirada y peripuesta orquesta real... Aquél había sido siempre su rincón favorito; allí, siendo rana, vivió muchos años, en espera de que la princesa pasara cerca, y, de una manera u otra, él pudiera conseguir que le besara, como era imprescindible para romper el hechizo de la bruja...

—¡La bruja! ¡A lo mejor, ella podría ayudarme! Cierto que tiene bastante mal genio; por haberme reído de su nariz ganchuda me convirtió en rana... Pero, también es muy sabia. ¡Le pediré consejo!

Decidido, corrió hacia las reales cua-

dras, en busca de su caballo Tritón.

—No hagáis caso, Alteza —aconsejó uno de los mozos de cuadra, a quien el príncipe le resultaba simpático, mientras ensillaba a Tritón—. ¿Qué tiene de malo que os gusten las moscas? Otros comen caracoles, o cangrejos, y hasta he oído decir que huevecillos de pescado. O ancas de rana, con perdón. ¿Y qué? Cada uno es cada uno, y tiene sus *cadaunadas*.

Nada contestó el príncipe a tan profundas reflexiones; pero otro de los mozos, a codazo limpio, aconsejó prudencia a su hablador colega.

—¿A ti quién te manda meterte en problemas ajenos? Nosotros, a lo nuestro: que encuentren siempre los caballos lustrosos y bien alimentados, los establos como los chorros del oro...

—¿Qué es eso? —preguntó el mozo compasivo.

—¡Yo qué sé! Significa que algo está muy limpio. Mi abuela me decía que así debía yo tener las orejas, si quería que ella me diese la paga... Bueno; ya sabes a qué me refiero. Nosotros, a cumplir nuestra obligación; fuera de eso, ¿qué nos importa si al príncipe le gustan o no las moscas?

—Pues de eso se trata, precisamente: el pobre parece tan bueno... Nunca se da importancia con nosotros, ni maltrata a los caballos. Ya has visto que Tritón le adora. Y no hay derecho a que todos se rían de él, por esa tontería.

—¡Bastante sabrás tú!

—Pues pienso decirle que, si quiere, me voy con él.

Pero el príncipe se había marchado ya.

Le vieron alejarse, al galope de su caballo; lo que, en el fondo, significó un gran alivio para el mozo que, por pura simpatía, estaba dispuesto a acompañarle, y a quien las aventuras gustaban muy poco, especialmente si no ofrecían garantía de estar de regreso antes de la hora de comer...

—Ya ves, Tritón... —iba desahogándose el príncipe con su único y poco hablador compañero de viaje—. ¡Tan contento que estaba yo cuando recuperé la forma humana! Brunilda, mi esposa, es la princesa más bonita y mejor educada que se pueda soñar; la quiero muchísimo y, además, le debo eterna gratitud por haberme desencantado, besándome cuando yo era rana... Lo que debió de costarle una barbaridad, pues a la pobre no le gusta ninguna clase de bichos..., aparte de las dichosas perdices, claro. Y reconozco que los reyes, sus padres, han derrochado paciencia conmigo. Pero, ¡qué quieres! Siempre se me olvida la tontería esa de las moscas. Y no entiendo por qué les pareció tan mal que me bañara en el estanque, si, además, conservaba puesta la camisa...

Seis días duró el viaje hasta la apartada y tenebrosa Montaña Negra, donde vivía la bruja.

Por las noches, el príncipe procuraba acampar cerca de algún río. Dejaba el caballo en libertad de pastar a sus anchas la fresca hierba de las orillas, mientras él, tendido de espaldas, frente a la inmensidad enjoyada y profunda del cielo, escuchaba el croar de las ranas.

—¡Cuántos recuerdos...!

Tampoco es que la charla de las ranas resultara muy entretenida; casi todo el tiempo se limitaban a repetir:

—Estamos muy bien... Estamos muy bien...

Hasta que ocurría algo: un ruido sospechoso, o cualquier movimiento inesperado en las plantas vecinas. Entonces, introducían una variación en su croar, que pasaba a significar:

—¡Ya no estamos bien! ¡Ya no estamos bien!

Y, de inmediato, una tras otra iban saltando al agua, donde su color verde les permitía pasar perfectamente desapercibidas entre la vegetación acuática.

Realmente, ser rana, cuando se tiene mentalidad de rana, no parece gran cosa. En cambio, poseer el aspecto y las habilidades de una rana, pero siendo capaz de pensar y razonar con mente humana, resultaba, siquiera a ratos, divertido.

El príncipe se permitía, a veces, tomar parte en aquellas charlas, bastante monótonas para los extraños. A él, que dominaba perfectamente el idioma, le era fácil conseguir, mediante ligeras variaciones, que el «Estamos muy bien» significara, por ejemplo: «Estoy viendo acercarse una nube de moscas gordísimas y apetitosas»; o cualquier otra información que quisiera expresar y estuviera al alcance de la inteligencia de las ranas.

Luego, se dormía, casi feliz, amparado por la vecindad protectora de Tritón y de las propias ranas, que no dejarían de alertarle ante cualquier peligro.

Así, hasta que una mañana, alzándose sobre los estribos, alcanzó a distinguir, allá lejos, la sombría mole de la Montaña Negra.

Sintió un poco de miedo. Uno no se enfrenta a una bruja así como así... Sobre todo, sabiendo ya, por propia experiencia, que aquélla no se andaba con bromas...

Pero era un muchacho animoso, y siguió adelante.

—Si ella no me aconseja, ¿a quién podría yo recurrir?

Entre tanto, algunas cosas habían ocurrido también en el palacio real, tras descubrirse la desaparición del príncipe Rainer.

La princesa, como primera medida, ordenó atrapar a todas las ranas de todos los estanques que había en el parque real —venían a ser treinta y siete en total, sin contar los destinados a abrevar los caballos, donde, por supuesto, no se consentían ranas—, y juntarlas todas en su bañera de oro. Después, ar-

mándose de valor —y mucho le hizo falta, pues las ranas le eran antipatiquísi-
mas, y más últimamente; pero la pobre
quería al príncipe, y además no estaba
dispuesta a que todo el mundo se riera
de ella, viendo que la habían dejado
plantada—, fue cogiéndolas, ésta por
una pata, aquélla por el lomo, la otra
como podía, ya que las ranas saltaban
muchísimo y hacían todo lo posible por
escapar..., y besándolas.

Ninguna se convirtió en el príncipe
Rainer, ni en cualquier otro príncipe, ni
en nada.

Dos mil y pico besos más tarde, llegó a la conclusión de que se había hecho un lío enorme. Ya no sabía a qué
ranas había besado y a cuáles no, ni si-

quiera si todo el tiempo estaba besando a la misma... Y es que las ranas se parecían bastante unas a otras. Así que hizo venir a la guardia real en pleno, armada con grandes cubos vacíos, de los que, para caso de incendio, se guardaban en los reales sótanos, y se puso nuevamente a la tarea.

Cogía una rana. La besaba. Esperaba un poquito, por si la transformación se producía con algún retraso... ¿Nada? ¡Pues rana al cubo! Tan pronto como éste se llenaba, el guardia recibía orden de devolver a los reales estanques toda aquella tropa saltarina.

El lío fue luego para las ranas, que acabaron casi todas cambiando de residencia: pues a ver quién era capaz de

saber, ya, de qué estanque procedía cada una para regresarla a él. Muchos renacuajos quedaron sin padres y debieron ser adoptados por otras parejas de ranas; pero, al fin, como también se parecían bastante, la cosa no tuvo excesiva importancia...

Besada la última sin conseguir el menor resultado, la princesa Brunilda se echó a llorar desconsoladamente. Pero, en seguida, como la habían educado para princesa, y eso quería decir no rendirse ante la adversidad, se fue a ver a su real padre.

—Padre mío —dijo, muy seria—, es preciso que envíes emisarios a todos los puntos del país, en busca de mi amado Rainer.

El rey intentó ganar tiempo.

—Bueno, bueno... Ya veremos. Yo también aprecio mucho al muchacho; pero, si él ha decidido marcharse...

La princesa Brunilda frunció el ceño, se cruzó de brazos y dio pataditas en el suelo.

Ante la inminencia de una rabieta, el rey cedió.

—Está bien... ¡Que salgan todos los reales emisarios, en busca de noticias del príncipe Rainer!

La orden fue cumplida. Muchos jinetes abandonaron el palacio, para cabalgar hacia todos los puntos de la rosa de los vientos.

Pero, de momento, nada encontraron.

Y es que el príncipe estaba ya muy lejos. Animosamente, trepaba las laderas de la Montaña Negra. Abajo, en las verdes praderas, había dejado su caballo.

—Espérame aquí, Tritón... Y, si no vuelvo, buena suerte.

Porque no las tenía todas consigo, respecto al resultado de aquella visita que pretendía hacer. Si la primera vez la bruja le había convertido en rana, a saber qué podría pasar ahora.

Se imaginó, con horror, transformado por ejemplo en mosca; con lo apetecibles que las moscas resultan para cualquiera...

Pero emprendió valerosamente la ascensión.

Sin duda, la Montaña Negra debía de ser un viejo volcán apagado: brillante y dura como oscuro cristal era su roca, donde ninguna planta lograba echar raíces. El Sol la calentaba como un horno, abrasando las manos del príncipe cuando intentaba buscar apoyo, y también sus pies, a través del fino calzado de corte, adecuado, quizá, para ociosos paseos de príncipe; no para aventuras más propias de un explorador.

—Claro, como la bruja siempre debe de subir y bajar cabalgando en su escoba... Si no, ya habría usado su magia para hacer un camino decente. Pero seguro que tampoco le gustan las visitas.

No se equivocaba el príncipe: ni por casualidad se le había ocurrido a la bruja poner, en la sombría entrada de su cueva, un felpudo que dijera: «Bienvenido».

Muy al contrario: recibió a aquel intruso con una maloliente nube de azufre.

—¡Fuera de aquí! —gritó, desde el fondo del tenebroso antro—. ¡Lárgate, antes de que use contra ti mi poderosa magia!

—No, por favor —rogó Rainer—. Ya lo hiciste una vez, y he aprendido la lección...

—Ah, eres tú. Bueno, ¿qué quieres?

—En primer lugar, reconozco que estuvo muy mal reírme de tu nariz ganchuda. Ahora que otros se burlan de mí, comprendo la poca gracia que hace. Yo debía de ser entonces un jovencito

mimado y algo estúpido, y quise presu-
mir ante mis amigos de que no temía
ni a la mismísima bruja de la Montaña
Negra.

—Vaya, hombre... Así que no estás
enfadado conmigo porque te convirtie-
ra en rana.

—Pues... la verdad, pasarme doscientos y pico años nadando de estanque en estanque hasta encontrar una
princesa que me besara no fue muy divertido; aunque la vida de rana tenía sus
atractivos, que ahora echo de menos...
En fin; ¡es un lío! Por eso me he permi-
tido venir a molestarte...

—¡Que vas a molestarme! Pasa,
hombre, pasa.

Obedeció al momento el príncipe.

El interior de la cueva resultaba menos terrorífico de lo que, visto desde fuera, podía parecer: era casi acogedor. Colgaban por todas partes grandes manojos de hierbas, seguramente mágicas, puestas a secar, y el olor que de todas ellas brotaba era agradable y suave, produciendo una curiosa sensación de tranquilidad. También, por supuesto, había otras muchas cosas: librotes polvorientos, raros instrumentos de magia, frascos que contenían líquidos de todos los colores... Amén de un viejo búho, nadie sabría decir si vivo o disecado, que ocupaba una percha cerca del techo, y con sus grandes e inmóviles ojos parecía abarcar la cueva entera.

Pero al príncipe, como era un muchacho muy bien educado, no le parecía correcto ponerse a curiosear.

—Siéntate —dijo la bruja, indicándole un taburete con sólo tres patas—. No puedo ofrecerte nada de beber: lo que hierve en esta marmita te haría invisible, lo de esa otra, inmortal, y el contenido de cada uno de aquellos frascos te convertiría en un animal diferente... Por cierto, ahora que lo menciono..., creo que me excedí un poco, al transformarte en rana. A partir de los quinientos o seiscientos años de edad, el carácter se me ha ido agriando algo, y... Pero me alegro de que al fin hayas sido desencantado.

—¡Oh, sí! Hasta me casé con la princesa. Es muy guapa, se llama Brunilda.

Somos muy felices... Bueno; casi.

—Pues, ¿qué pasa?

—No lo sé; algunas veces, creo que preferiría seguir siendo rana.

—¡Qué disparate! ¡Un príncipe hecho y derecho como tú! ¿Va a ser ésta la primera vez que me sale un encantamiento al revés? ¿Y se puede saber a qué viene esa tontería?

—Es que, francamente, ya me había olvidado de lo difícil que resultaba ser hombre; como rana, todas mis preocupaciones eran tomar el sol y atrapar cuantas moscas pasaran a mi alcance. En cambio, ahora...

—Cuenta, cuenta...

Rainer lo contó todo: las burlas de que era objeto, y lo harto que estaba de

perdices, y cómo el rey, a quien gustaban muchísimo las ancas de rana, había tenido que prescindir de ellas, por
delicadeza... Y las ganas que tenía de
darse, al menos de cuando en cuando,
un buen chapuzón en el estanque.

La bruja escuchaba atentamente, ba-
lanceando, de rato en rato, su viejísima
cabeza. Debía de tener cosa de mil años,
y no representaba ni uno menos; aparte de que su nariz, realmente, resultaba
un tanto ganchuda...

—Vaya, vaya... Pues lo cierto es que
tienes un serio problema —comentó,
cuando el príncipe hubo acabado su re-
lato.

Y, durante un largo momento, no dijo
nada más.

El príncipe esperaba, hecho un manojo de nervios; al fin, no pudo contenerse.

—Por favor, ¿podrías ayudarme? —pidió humildemente.

—No sé... ¿Todavía te sigue pareciendo tan ridícula mi nariz ganchuda?

—Ya te he dicho que no; con la experiencia que he tenido... Primero, las ranas se reían de mí, porque nadaba peor que ellas y no sabía croar, y dejaba escapar todas las moscas. Y, ahora, se burlan los cortesanos, porque las atrapo.

—O sea que mi nariz...

—Bueno; la nariz un poco larga confiere personalidad y distinción al rostro; incluso, leí alguna vez que Cleopatra,

una reina de Egipto famosa por su belleza, tenía la nariz bastante larga.

—Está bien, hombre. Tampoco hace falta que te pases, ahora. Claro está que pienso ayudarte, tranquilo. Al fin y al cabo, soy un poco responsable de lo que te pasa.

—¿Sí? —la cara del príncipe resplandeció de alegría—. ¿Qué vas a hacer?

—Eso es lo que todavía no sé... Pero creo que lo mejor sería convertirte en un temible guerrero, y hacer que arrases todos los países vecinos, para luego destronar a tu suegro y proclamarte rey. De esa manera, nadie se atrevería ni a rechistar, por muchas cosas raras que hagas. ¿Estás de acuerdo?

—Pues..., no es por despreciar; pero

no me parece una buena idea. Para eso, prefiero que todo siga como está.

—También podría... No; eso no. O quizá... Tampoco. ¿Y si construyera en lo alto de esta montaña un castillo encantado, sólo para ti y tu esposa, la princesa? Podríais vivir en él, felices para siempre.

—No creo que a ella le gustara. Quiere mucho a sus padres y, además, ¿de qué le valdrían todos sus hermosos vestidos, sin nadie ante quien lucirlos?

La bruja se impacientó; nubecillas de azufre revolotearon un instante por la cueva.

—¿Sabes, hijito, que me lo pones difícil? A tu país de origen no puedo devolverte; después de doscientos años,

las cosas han cambiado mucho por allí, y nadie sabría qué hacer con un príncipe de la anterior dinastía.

—Ya... Lo comprendo.

El silencio fue, esta vez, más largo. La bruja reflexionaba profundamente, retorciendo entre sus dedos huesudos un encanecido mechón de cabello.

De pronto, se dio un fuerte tirón de pelo.

—¡Ay! ¡Ya lo tengo! ¡Volveré a convertirte en rana!

—Pues... Algunas veces, me gustaría serlo. Pero el caso es que soy hombre y, además, estoy muy enamorado de mi esposa. Así que...

—La verdad, chico, en este momento, no se me ocurre otra solución. Y sigo creyendo que, como rana, lo pasarías mucho mejor.

—Seguramente; pero no puede ser. Te agradezco tu buena intención... A lo mejor, vale más que vuelva a palacio. Estarán todos preocupados por mí...

E hizo intención de marcharse.

—¡Espera, espera! ¿Cuándo se ha visto que yo deje ir de vacío a quien viene a pedirme ayuda? Aunque me parece que tú has sido el primero en atreverte a hacerlo... En fin; con más razón. He dicho que te ayudaría, y lo haré.

—Es que...

—¡Calla, hombre! ¿No ves que estoy pensando?

El príncipe procuró, por no molestar, quedarse tan callado e inmóvil como el búho. Por cierto, éste parpadeó, de pronto, con un solo ojo, demostrando que no estaba disecado. Pero no agitó una sola pluma.

Rainer hizo lo mismo. Como cuando en los consejos de Estado o algún otro protocolario y aburridísimo acto oficial no soportaba ya las ganas de evadirse, imaginó que volvía a ser rana, y que, dejándose mecer por el suave vaivén del agua sobre una hoja de loto o de nenúfar, redondas y enormes a sus ojos de rana, flotando justo en la superficie, entre las perfumadas y bellísimas flores blancas, recibía la caricia del sol; sin tener que preocuparse de si era hora de comer o había que vestir el uniforme de no sé qué, con aquella dichosa

espada que no le dejaba andar, para asistir a la conferencia con los altos dignatarios de acá o de allá. Sólo dejarse estar, plácidamente; aspirar el perfume de las flores, el grato frescor del agua, y si una mosca se acercaba...

—¡Slurp!

La felicidad, en suma, aunque sólo para una auténtica rana. Porque, habiendo nacido hombre, uno acababa por echar de menos tantas otras cosas...

—¡Lo tengo, lo tengo! —gritó de pronto la bruja, sobresaltándole en lo mejor de su imaginario baño de sol.

¿Con qué saldría ahora? No se atrevió a preguntar.

—¡Te convertirás en rana!

—Ya te he dicho que...

—¿Quieres dejar que me explique? No he dicho que para siempre... Ni por doscientos años... Ni hasta que te bese una princesa o un caballo blanco se bañe en el río. ¡Te convertirás por un solo día, pero siempre que quieras hacerlo! ¿Que la vida en la Corte llega a aburrirte? Pues, ¡hala!, un día de vacaciones, chapoteando en el estanque o río que elijas. Y, a la mañana siguiente, tan fresco... Y nunca mejor empleada la expresión. Podrás volver a enfrentarte con las bromas, los cortesanos y las perdices. ¿Qué te parece?

—¡Genial!

—Hombre... No diría yo tanto —corrigió, modestamente, la bruja—. En realidad, es una solución un poco cha-

pucera, que no remedia nada; pero tiene sus ventajas.

—¡Me gusta muchísimo! ¡Eres la bruja
más sabia, más buena y más simpática
que existe!

—¡Líbrate de ir diciéndolo por ahí, o
arruinarás una fama que me ha costa-
do muchos años y esfuerzos conseguir!

—¡Además, tu nariz...!

—Bueno, bueno —volvió a interrum-
pir, algo molesta, la bruja—. Deja en paz
mi nariz; no vayamos a fastidiarlo todo.

—¿Y..., cómo debo hacerlo?

—¿El hechizo, quieres decir? Muy fácil: al salir el Sol, debes encontrarte al
borde del agua y croar tres veces segui-
das. Para recuperar tu forma humana,
bastará que, a la mañana siguiente, ha-

gas exactamente lo mismo. Eso sí: procura no descuidarte y dejar pasar el momento adecuado, porque los hechizos son, a veces, un poco quisquillosos, y quizá no podrías volver nunca a tu estado natural... ¿Has entendido?

—¡Perfectamente! ¡Te doy las gracias de todo corazón, querida bruja!

Salió corriendo el príncipe, mientras la bruja sonreía.

—¿Has visto, Platón? —dijo, dirigiéndose al inmóvil búho—. Doscientos años convertido en rana, y todavía me da las gracias. Es un buenazo, el pobre chico...

Y volvió a la interrumpida tarea de revolver marmitas y perolas, donde borboteaban extraños mejunjes.

Mientras, el príncipe descendía ya, a carrera limpia, con evidente riesgo de romperse la crisma, las empinadas laderas de la Montaña Negra.

—¡Tritón, Tritón! —llamó, aun antes de llegar al llano—. ¡Ven, Tritón!

El caballo acudió, dócilmente.

—¡Corre! ¡Llévame hasta el río más cercano!

«¿Le habría dado la bruja arenques salados para merendar, y por eso tenía tanta sed?», debió de pensar el caballo, mientras cumplía la orden recibida.

Por suerte, no estaba muy lejos el río ancho y tranquilo, tan largo que atravesaba el país entero.

Algunas barquitas iban y venían por sus aguas. Las mujeres de los pueblos

cercanos también solían acudir, para la-
var su ropa. Y se decía que, al amanecer, ciervos de alta cornamenta pareci-
da a arbolillos jóvenes aunque sin hojas,
y hasta algún jabalí de torva catadura,
bajaban a beber... Así y todo, sus már-
genes, sombreadas por densa vegetación, resultaban apacibles y gratas.

Allí, como ya anochecía, se dispuso
a dormir el príncipe. Quería estar a punto al día siguiente; pues el Sol madru-
gaba mucho...

—Despiértame antes del amanecer,
Tritón.

No esperó, sin embargo, a ver si el
caballo lo hacía. Todavía no había can-
tado el primer gallo, ni el pájaro más
tempranero, ni mostraban las estrellas

intenciones de irse a dormir, y ya el príncipe estaba sentado junto al agua rumo-
rosa, oteando ansiosamente el horizon-
te... Mucho hubo de esperar, hasta que
el cielo, por Oriente, fue tornándose suavemente luminoso, primero, y luego tan
intensamente dorado que la aparición
del Sol se hizo inminente.

—¡Ahora! ¡Croac, croac, croac!

Tuvo la sensación de que su cuerpo
encogía vertiginosamente. ¿O eran los
menudos guijarros los que crecían, hasta
convertirse en enormes rocas redondea-
das y húmedas?

El mundo había cambiado, y era,
ahora, mucho más amplio, variado y
rico: infinidad de seres diminutos, que
antes su vista no alcanzaba siquiera a

distinguir, poblaban las aguas y el fango de la orilla. Un barbo, tan grande como antes pudo haberle parecido un tiburón, le miraba con aire malhumorado, al pasar cerca. Al canto burbujeante del agua venían a unirse todas las voces propias de aquellas criaturas, que se llamaban, amenazaban o avisaban del peligro...

—¡Rana! ¡Rana! —chillaban, alarmados, los insectos acuáticos que nadaban cerca de él.

Así pues, ya estaba hecho.

Volvía a ser rana...

Saltando al agua, se dejó deslizar suavemente, corriente abajo; flotando unos trechos, sumergiéndose otros para bucear ágilmente entre selvas de espesa

vegetación subacuática, que la fuerza del agua agitaba como poderoso y constante huracán. Semejantes a caballeros de sombría armadura se arrastraban, por el fondo arenoso, los cangrejos, mientras que transparentes quisquillas, agitando a toda velocidad sus patitas, flotaban entre dos aguas como danzarinas.

¡Qué hermoso, todo aquello! Aunque, el universo del gran río en poco se parecía a los mundillos suaves y amables de los reales estanques, donde él había vivido como rana. Aquí, había sombrías y temibles pozas, en cuyo fondo, remolinos de siniestra turbulencia devoraban cuanto pasara a su alcance, y agujeros de tenebrosa profundidad, donde se adivinaba el brillo de ojos en continuo acecho... Las aguas corrían, corrían, los pececillos destellaban un instante al volver hacia la luz sus vientres plateados, largas cintas de algas danzaban vivamente...

—¡Estoy muy bien! ¡Estoy muy bien! —empezó a croar el príncipe rana,

bajo el entusiasmo que en él desperta-
ba todo aquello.

Al momento, un coro colérico res-
pondió:

—¡No estamos bien! ¡Calla, forastero
patoso, y escóndete donde puedas!

Sólo entonces cayó en la cuenta de
que era muy raro no haber visto todavía una sola rana, allí donde toda otra
especie de vida acuática abundaba.

—¿Qué sucede? —preguntó, croando, por supuesto—. ¿Dónde estáis?

—¡Chist..., calla! ¡Aquí abajo! —res-
pondió una joven rana macho, la más
atrevida sin duda, asomando apenas
entre las tupidas algas del fondo.

El príncipe nadó hacia allí.

—¿Por qué os escondéis de esta manera? —preguntó, al ver que eran muchas las ranas acurrucadas, muy juntas y temblorosas—. Fuera hace un día espléndido, el Sol calienta ya, y las moscas no tardarán en...

—¿Te quieres callar de una vez? ¿Acaso crees que estamos aquí por capricho? ¡Ésta es la peor hora para nosotras!

—¿Por qué?

—Cuando el Sol calienta y salimos a disfrutarlo —explicó la rana joven—, los monstruos llegan, y nos capturan sin compasión.

—¿Qué monstruos son ésos?

—¿Cómo quieres que lo sepamos? Seres enormes, terribles; caminan erguidos sobre las patas traseras...

—¿Son pájaros? —siguió preguntando el príncipe, pensando en las cigüeñas, grandes devoradoras de ranas.

—¿Nos tomas por renacuajos? De sobra conocemos a los pájaros de largo pico, nuestros enemigos; pero éstos son mucho peores; más astutos. Y no se conforman con dos o tres, sino que atrapan a cuantas pueden...

«Hombres, cazadores de ranas», pensó el príncipe.

—Sólo el hombre es capaz de seguir cazando, a pesar de no tener hambre. ¿Con qué cazan?

—Tampoco lo sabemos. Comprenderás que, cuando uno es atrapado, los demás no nos quedamos allí para disfrutar del espectáculo. Sube tú mismo, si quieres, y no tardarás en verlos; pero procura que ellos no te vean o serás rana muerta.

—¿Cómo sabéis que matan a los capturados?

—¡Pero bueno, rana! ¿De qué arroyo de alta montaña has venido?

El equivalente humano sería llamar pueblerino a alguien.

—¿Para qué atrapas tú las moscas, si no es con la intención de comértelas?

El príncipe pasó revista, mentalmente, a cuanto como hombre sabía acerca de las utilidades que una rana en cautividad podía tener.

Aparte de que alguna gente consideraba sus ancas sabrosa exquisitez, sólo recordaba haber oído que, en ciertos

países, eran destinadas a experimentos de laboratorio...

Cualquiera de las dos posibilidades era un porvenir muy poco apetecible para una rana.

—¿De dónde vienes, que no te has enterado de lo que está pasando? —oyó que le preguntaba la joven rana macho, la única, al parecer, que se atrevía a asomar siquiera un poquito entre las algas.

—Vengo de aguas arriba —contestó—. La corriente me ha arrastrado hasta aquí. Pero no he visto ningún hom... Ningún monstruo.

—¡Claro! Acechan, escondidos entre las plantas de la orilla y, en cuanto te descuidas, ¡zas!

—De todas maneras, no podéis pasaros la vida así, escondidas.

—¡Qué gracioso! ¿Te crees que es por capricho? O nos escondemos, o ¡zas!

—¡Nos ha salido listo, el forastero! —intervino, croando, otra voz, desde el oculto fondo—. ¿Qué harías tú en nuestro lugar?

—No sé... Defenderme, de alguna manera. Luchar, si no hay más remedio.

—¿Luchar? Pero, ¿qué especie de rana eres tú?

Otras voces iban uniéndose a la conversación, aunque apenas los redondos ojillos se dejaran ver.

—¿Tenemos, siquiera, pinzas como los cangrejos, o los agudos dientes de una lamprea?

—¿Cómo quieres que luchemos, contra unos monstruos enormes y espantosos?

No es que las ranas sean más pacifistas que otras especies. Preguntad, si no, a las moscas; pero lo cierto es que la naturaleza las ha dotado con muy pobre armamento...

—Esperad aquí —dijo el príncipe, innecesariamente, pues nadie había pensado siquiera en moverse—. Voy a subir para investigar.

—¡Te acompaño! —reaccionó valerosamente el joven amigo rana que primero croara con él.

—¡Estáis locos los dos! —fue la general opinión.

Pero ya los dos exploradores nadaban, decididos, hacià la superficie.

—¿Cómo te llamas? —preguntó el príncipe a su nuevo amigo.

—Roni. ¿Y tú?

—Rainer.

—¡Qué nombres más raros tenéis, los de aguas arriba! —rió el jovencito rana.

Pero, en seguida, su tono cambió:

—¡Míralos..., allí están!

Y el croar le salió tembloroso, a pesar suyo.

Siguiendo la indicación, el príncipe pudo ver lo que ya sospechaba.

Dos hombres, armados con largas cañas rematadas por lazos corredizos, acechaban desde la orilla a cualquier rana que, descuidadamente, saliera a tomar el sol. Aunque el miedo se había ya extendido, no faltaban los que, golosos de moscas o simplemente olvidadizos —la memoria de una rana no va más allá de los diez minutos—, se acercaban en exceso a la orilla, y entonces...

—¡Zas!

—¡Otra que va al cesto!

—¿Te das cuenta? —comenzó a decir Roni.

Pero, de pronto, se interrumpió, para lanzar una especie de gemido.

—¿Qué pasa? —preguntó el príncipe.

—¡Acabo de ver cómo capturaban a Runi!

—¿Quién es Runi?

—Es... una ranita preciosa, de la colonia vecina. Yo pensaba pedirle, esta primavera...

Y su color verde se hizo esmeralda; lo que, para una rana, es el equivalente a enrojecer.

—¿Quieres croar que estás enamorado de ella?

—Te expresas de forma muy rara; pero supongo que es cómo croas. Mira... ¡Pobrecita! Acaban de meterla en el sitio horrible.

Se refería a un gran cesto, donde todas las ranas capturadas iban a parar.

—No te preocupes; la salvaremos —aseguró el príncipe.

—¡No croes disparates! ¿Cómo podríamos salvarla de esos horribles monstruos?

—Dejándonos cazar también.

—¡Tienes menos juicio que un rena-

cuajo aún no salido del huevecillo! ¿Qué
adelantaríamos con eso?

—Ven. Ya verás cómo nos diverti-
mos...

Y el príncipe nadó, decidido, hacia la
orilla.

Aunque mortalmente asustado, su
amigo Roni le siguió.

—¡Mira, mira! —cuchichearon entre

sí los cazadores de ranas—. ¡Ahí vienen otras dos!

—¡Prepara el lazo! Una de ellas es enorme... ¡Buen par de ancas para la mesa del rey, ahora que por fin vuelve a comprárnoslas!

¡Zas! ¡Zas!

Ya estaba.

Realmente, pensó el príncipe, no tenía ninguna gracia bailotear así en el aire, colgado de una pierna; es decir, de una pata trasera.

En el cesto, entre otras ranas cautivas, estaba Runi; ella y Roni se abrazaron estrechamente.

—He venido para morir contigo —dijo el joven Roni a su enamorada.

—No os pongáis dramáticos —rió el

príncipe, haciendo que todos le mirasen, asombrados, pues no entendían nada de aquello—. Aquí no va a morir nadie. Ya veréis qué risa, mañana, al amanecer...

—¿Mañana? ¿Qué te hace pensar que antes de mañana no estaremos todos fritos? —replicó agriamente una rana muy vieja y muy sabia, que había visto mucho mundo; capturada únicamente porque ya su vista no era lo que en otros tiempos...

—¿Fritos... antes de mañana?

El príncipe palideció; es decir, su brillante color verde se hizo un poco más apagado, al comprender la terrible imprudencia que había cometido dejándose atrapar.

¿Cómo no había pensado que, antes de que nuevamente amaneciera y él pudiese recobrar su forma humana, todo habría terminado de manera muy lamentable para los cautivos?

Apenas sería mediodía, en efecto, cuando, como el cesto estaba ya lleno a rebosar, los cazadores decidieron dar por concluida su expedición.

El estrecho e incómodo mundo donde las ranas se debatían ahora, empujándose unas a otras, presas y aterrorizadas, comenzó a moverse mucho; lo cual parecía indicar que se habían puesto en camino, hacia alguna parte donde quizá no les esperase nada bueno. Hasta el mismo príncipe estaba bastante... preocupado.

«¡En bonito lío me he metido!», fue lo único que se le ocurrió pensar.

En vano intentó, con sus débiles fuerzas de rana, abrir un agujero en el tupido entramado del cesto.

Largo rato después, el mundo dejó de moverse. Habían llegado.

Vieron, en efecto, levantarse la tapa del cesto para dejar paso a un torrente de cegadora claridad y a la cara de un nuevo monstruo... Es decir, hombre.

—¡Buena caza, muchachos! —dijo—. ¡Hay algunas muy hermosas! En cuanto las hayamos matado y despellejado todas, os pagaré lo convenido.

Y tendió su mano para atrapar a la primera.

El príncipe se las arregló para hacerse capturar por aquella manaza gigantesca, que le alzó en el aire, examinándole.

—¡Caramba! ¡Qué grande es ésta! —comentó, satisfecho, el hombre—. Va a ir derechita a la mesa del rey.

Y blandió un cuchillo descomunal; por lo menos, visto desde la perspectiva del príncipe rana...

—¡Quieto! —gritó éste, con todas sus fuerzas—. ¡Ten piedad de mí, buen hombre, y te haré dueño de un fabuloso tesoro!

Tan grande fue el asombro del destriparranas, que a punto estuvo de soltar aquella que tenía en su mano.

—¡Una rana que habla! —exclamó, mientras el príncipe agradecía mental-

mente a la bruja la feliz ocurrencia de conservarle la facultad de hablar, pese a su actual apariencia de rana.

—¡Pues claro que hablo! Como todas las ranas. ¿Es que nunca has oído a ninguna?

El otro negó con un gesto.

—Debe de ser —siguió el príncipe—, que están demasiado asustadas, cuando las capturáis, y no aciertan a decir nada.

—Entonces, yo llevo media vida destripando a criaturas capaces de hablar... No sé si esto es muy decente; a lo mejor, debería pensar en cambiar de oficio —reflexionaba el hombre, maravillado ante aquel descubrimiento—. Pero, oye, rana, ¿qué decías, acerca de un te-

soro? ¡No intentes tomarme el pelo, porque, a estas alturas, por rana más o menos no me va a remorder la conciencia!

Y alzó de nuevo el enorme cuchillo.

—El tesoro... Sí, claro —el príncipe,
luchando contra el miedo y la urgencia,
procuró improvisar—. Resulta que, en
el fondo del río, hay un tesoro fabuloso; todas las ranas lo sabemos. No comprendo cómo ninguna te lo ha mencio-
nado, hasta hoy... Unos ladrones lo
arrojaron, hace muchos años. Si nos
sueltas, es tuyo.

—¡Ja, ja, ja! Ranita, tú debes creer
que he nacido ayer. Os suelto y, luego,
si te he visto, no me acuerdo, ¿verdad?
Pero, ¿qué hago yo aquí, charlando con
una rana? ¡Las ranas no hablan, y si tú

tienes esa facultad, me haré rico exhi-
biéndote por las ferias!

—¿Te conformarías con recoger céntimo a céntimo, cuando puedes tener
mañana mismo un gran tesoro?

—¿Mañana? ¿Y por qué no hoy?

—Es que..., resulta que sólo el primer rayo de sol ilumina el sitio donde
está sepultado el tesoro. Si no, es impo-
sible encontrarlo...

Pobre príncipe Rainer. En toda su
vida se había obligado a inventar tan
deprisa.

«Espero que las mentiras dichas en
forma de rana no cuenten», pensó.

—Bueno —oyó que le contestaba el
hombre—, por esperar a mañana, no se
pierde nada. Siempre tendré tiempo de

destripar a todas tus compañeras, y pasearte a ti por los pueblos de la comarca, rana parlanchina. Así que vuelve al cesto con las otras, y mañana veremos lo que pasa.

—¡Recuerda que sólo con el primer rayo de sol!

—Descuida, hombre..., digo, rana; yo madrugo mucho.

Fue una espera larguísima. El tiempo parecía detenido.

—Es como cuando, en verano, las aguas se remansan y se encharcan —comentó el joven Roni, procurando, a pesar de todo, mostrarse animoso, para que su amada Runi no sintiera demasiado miedo.

Dentro del cesto siempre parecía noche cerrada; así que el príncipe no podía siquiera saber si, amanecido ya, había perdido su última oportunidad de recobrar la forma humana.

—¡Atención, compañeros... Esto se mueve! —gritó, por fin, alguien.

Al parecer, el hombre cumplía lo prometido. Y es que la promesa de un tesoro, aun viniendo de una rana, espabila a cualquiera.

—Volvemos al río —explicó el príncipe a sus compañeros de prisión—. Tan pronto como se levante la tapa, saltad todas, y no os detengáis hasta haberos sumergido bien profundamente en el agua.

Dicen que las ranas respiran a través de la piel; pero, en aquellos momentos

de temerosa expectación, ninguna debía de acordarse de tal cosa.

—Preparados... Mucha atención: la tapa empieza a abrirse... ¡Ahora!

El hombre recibió en plena cara una rociada de ranas; pero no le importó demasiado, ya que había conseguido retener a aquélla tan grande, habladora por más señas.

—Bueno, bueno... Conque me preparabais esta jugarreta, ¿eh? Pero, por lo menos a ti te ha salido mal. O me consigues ese tesoro, o te llevaré de pueblo en pueblo, hasta que me enriquezca lo bastante, y te ase a la parrilla.

Rainer miró al cielo.

Apenas clareaba. Estaba, pues, a tiempo de cumplir lo indicado por la bruja. Se sintió mucho más tranquilo.

—Acércame a la orilla un poco más —pidió—. Sólo así podré ver el sitio donde se esconde el tesoro.

—¡No te hagas ilusiones! Te tengo bien sujeta, y no voy a soltarte.

—Ya sale el Sol. ¡Croac, croac, croac!

—¡¡Ah!!

Mayúsculo fue el susto del destripa-rranas, al encontrarse sosteniendo el pie de un muchacho desnudo.

—¿Quién..., quién eres? —tartamudeó.

El príncipe volvió a improvisar.

—Soy el genio protector de todas las ranas —dijo, con voz campanuda y el aire más digno que su situación y atuendo permitían—. ¡Tus fechorías contra

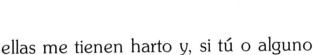

ellas me tienen harto y, si tú o alguno de tus cómplices volvéis a acercaros por aquí, os convertiré a todos en ranas!

—¡No, no..., piedad, poderoso genio! —suplicó, muy asustado, el hombre—. ¡No volveré a cazar ni comerciar con ranas, os lo prometo! Desde ahora, me dedicaré a... ¿A qué queréis que me dedique?

—¡A cultivar remolacha! —se le ocurrió decir al príncipe.

—¡Eso es, noble señor..., remolachas azucareras!

—¡No lo olvides! De lo contrario, ya sabes lo que te espera, serás una rana tan gorda y torpona, que cualquier cazador te atraparía sin remedio, y tus ancas irían a parar a la mesa del rey.

—¡Oh, no, señor..., gran genio! ¡Jamás volveré a molestar a las ranas!

—¿Y dejarás que otros lo hagan?

—No, no, señor. ¡Cuidaré de las ranas como de mis propios hijos!

—No hace falta tanto; basta con que las dejes en paz. Y, ahora, ¡largo de aquí, si no quieres que me enoje!

Huyó el hombre a todo correr, olvidando incluso el cesto en que solía guardar las ranas cautivas. O quizá no lo olvidase; pero, tras semejante susto, ninguna intención tenía de volver a utilizarlo.

Tampoco las ranas liberadas parecían muy tranquilas. Al final, resultaba que su salvador se convertía también en un monstruo más... El príncipe hubo de

emplear toda su habilidad croando, para convencerlas de que nada debían temer.

—Ya veis —concluyó—, cómo entre nosotros, los hombres, hay de todo. Incluso cada uno de nosotros tiene cosas buenas, y otras que no lo son tanto... Pero yo seré siempre vuestro amigo.

—También nosotras seremos amigas tuyas —aseguró Roni, el muchacho rana, aunque un poco intimidado por la nueva apariencia de aquél con quien compartiera la aventura—. Ven alguna vez a bañarte en nuestro río... Pero, si pudieras venir como rana, te lo agradeceríamos.

—Es que, como rana, resultas mucho más guapo —añadió la joven ranita Runi.

Despidiéndose de ellos, el príncipe se fue río arriba, hacia donde calculaba encontrar a su caballo Tritón.

Sin embargo, tras mucho buscarlo y llamar hasta acabar ronco, tuvo que convencerse.

Tritón le había abandonado... Y, lo que acaso fuera todavía peor, colgando del arzón de su silla, iba toda la ropa que el príncipe se había quitado para convertirse en rana; porque, vamos a ver: ¿te imaginas la facha tan rara que tendría una rana vestida de caballero antiguo?

Para salir del apuro, tuvo que hacerse, con mimbres trenzados, una especie de túnica ni muy cómoda ni muy abrigada y, de aquella elegante guisa

vestido, se puso en camino hacia palacio.

—Si tardé seis días en llegar hasta aquí, montado en mi buen amigo..., aunque, al parecer, también él me ha salido rana... Quiero decir, me ha abandonado..., ¿cuánto tardaré en regresar a pie?

Hizo el cálculo, pues las matemáticas se le daban bastante bien. Pero su resultado no le gustó ni pizca.

Sin embargo, como no tenía otro remedio, hubo de continuar adelante a pie.

Lo ocurrido era que los emisarios enviados por el rey encontraron, cerca del río, a Tritón, solo y con la ropa del príncipe sobre la silla.

También ellos dedicaron un buen rato a llamarle.

—¡Príncipe Rainer!

Pero, a aquellas horas, el príncipe debía de estar nadando por el fondo del río... A menos que ya se encontrara prisionero en el temible cesto de los cazadores de ranas; el caso es que no oyó nada.

Entonces, los enviados del rey regresaron a palacio, llevando con ellos al caballo.

Cuando el rey supo aquello, se enfadó muchísimo.

—¡De manera que ese botarate ha vuelto de verdad a convertirse en rana! ¡Pues se acabó! ¡Ya me tiene hasta la mismísima corona!

La princesa lloraba. Mientras, con los dedos —a ella las cuentas se le daban un poco peor— iba intentando calcular a cuántas ranas tendría que besar esta vez. Pero su real padre se mostró intransigente.

—Hija mía, que no se te vuelva a ocurrir besar a una sola rana más en tu vida. A partir de ahora, te pondrás velos de viuda. Diremos que el príncipe Rainer se ha ahogado.

—¡Pero, padre! ¿Quién se lo va a creer, si él nadaba como una ra..., estupendamente?

—¡Ordenaré cortar la cabeza a cuantos no se lo crean!

Un argumento así tenía que convencer a mucha gente.

—Y el mes que viene —continuó disponiendo el rey—, concederé tu mano al príncipe heredero de Perulandia, nuestro país vecino; es mi real decisión.

—¡Es que..., padre...!

—¡A callar!

Y, cuando al rey se le ponía aquel oscuro entrecejo de tormenta, ni siquiera la princesa, que era su niña mimada, se atrevía a discutir.

De modo que la cosa quedó decidida.

Pero, por supuesto, el príncipe no se había ahogado, ni muchísimo menos. Lo único que tenía era un horrible dolor de pies, de tanto andar descalzo; pero, a ver qué remedio...

Pasó por tres pueblos. En uno, le cre-

yeron ermitaño; en otro, loco; en el ter-
cero, se limitaron a tirarle piedras, por
si acaso.

Luego, llegó a una gran ciudad y,
aunque procuró evitar las calles princi-
pales, también tuvo muchos tropiezos,
en buena parte debidos a su extraña in-
dumentaria.

Siguiendo su camino, se encontró
con un pillo, que, compadecido, le re-
galó unos zapatos viejos un remenda-
do calzón y la mitad del pan que acababa de robar. Un poco más lejos, fue
a tropezar con unos ladrones; éstos le
quitaron lo que el pillo le había dado.
Todavía más allá...

En fin, que, andando, andando, vivió muchas aventuras de todo género:

encontró quienes le ayudaron, otros que se reían de él, y también algunos a quienes pudo prestar servicio... Todo ello le llevó a comprobar lo que ya dijera a las ranas: «Entre las personas, hay de todo, y dentro de cada cual, de todo un poco...»

A medida que se iba aproximando a la capital, donde, por supuesto, estaba el regio palacio, vio que los caminos se llenaban de gentes engalanadas y contentas como para una fiesta.

—¿Qué pasa? —preguntó a unos titiriteros que le adelantaron con su carro de brillantes colorines—. ¿Hay alguna feria?

—¿De dónde vienes, caminante, que no lo sabes? ¡El rey va a casar a su hija

Brunilda, viuda del príncipe Rainer, con
el heredero de Perulandia!

—Y..., ¿cuándo será eso?

—La semana próxima. Mañana por
la noche comienzan las fiestas, en las
que nosotros tenemos intención de participar.

—¿Puedo acompañaros?

—¿Sabes hacer algún número de
magia? Nos vendría bien, para comple-
tar nuestro repertorio.

—Necesitaré ensayar un poco; pero,
para mañana, podré hacerlo.

—Bueno; sube al carro, entonces.

Le dieron un traje de muchos colores, y una máscara blanca de melancó-
lica expresión.

—¡Nunca hemos visto un mago con

máscara! A lo mejor, resulta más original...

Resplandecía ya el real palacio, donde todo estaba dispuesto para las magníficas fiestas de esponsales. Infinidad de doncellas y lacayos, ujieres, cocineros y pinches, palafreneros, jardineros, y mucha otra gente que nadie sabía en qué se ocupaba iban y venían sin cesar con aire muy atareado. Y, en los regios salones, los invitados rivalizaban en elegancia; o, por lo menos, en lujo; que raramente es lo mismo...

La que sí estaba bonita de veras era la princesa Brunilda, con su precioso vestido de baile y una diadema de brillantes en el cabello. Pero, a pesar de sus esfuerzos por mostrarse amable, parecía un poco triste... Su real madre hubo de llamarla al orden.

—¡Si es por tu bien, tonta! ¡Verás cómo eres mucho más feliz, casada con un príncipe normal y corriente, y no ese... botarate, como bien dice tu padre, que se pasaba la vida convirtiéndose en rana, y luego, tú, hala, a besarlas a todas! ¿Es eso porvenir para una princesa?

—No, madre; seguramente, tenéis razón. Pero es que, yo...

—¡Tonterías! Haz el favor de sonreír como es debido y, cuando llegue el príncipe de Perulandia, muéstrate contenta y dale la bienvenida. No olvides que su país es mucho más poderoso que el nuestro, y esta alianza nos conviene.

—Está bien... Haré lo que pueda.

Pero le salía, sólo, una sonrisa de circunstancias.

Trompetas y tambores anunciaron, en esto, la llegada del novio, y la real familia acudió a recibirle en la escalinata de honor.

—Es muy viejo, y tiene cara de dolor de estómago —murmuró la princesa, al verle descender de la carroza.

—¡Tonterías! —se indignó la reina—. Es inmensamente rico. Además, te recuerdo, querida hija, que tu precioso Rainer reconocía haber pasado doscientos años convertido en rana.

—¡Pero ésos no contaban!

—¡Tonterías! ¡Querido príncipe, bienvenido...! Ésta es Brunilda, nuestra hija.

¿Qué decís? Oh, ja, ja... Qué amable sois, príncipe. ¿Verdad, Brunilda?

Tras el regio banquete, donde, entre otras muchas exquisiteces, pues la ocasión bien merecía tirar el palacio por la ventana, no faltaron perdices en las mil setecientas y pico maneras —ancas de rana no hubo, por discreción—, dieron comienzo las fiestas.

La princesa y su prometido abrieron el baile, y ella hubo de reconocer que el príncipe de Perulandia, pese a haberla pisado dos o tres veces, no parecía mala persona. Tenía un excelente sentido del humor, contaba historias muy divertidas y, visto de cerca, ni siquiera resultaba viejo ni de gesto avinagrado.

Cuando, cansados de tanta danza,

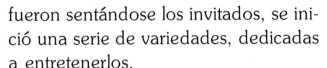

fueron sentándose los invitados, se inició una serie de variedades, dedicadas a entretenerlos.

Unos equilibristas formaron una altísima torre humana, rematada por un niño muy simpático que agitaba una banderita de cada país. Luego, un mago muy serio hizo desaparecer a una linda muchacha, vestida de algo vagamente oriental, que reapareció de inmediato convertida en tigre, para luego desmaterializarse nuevamente, y... Bueno; un lío. Al final, no quedó claro si la chica era en realidad el tigre, o éste se la había comido, o el mago se había llevado a ambos escondidos bajo la capa, o qué; pero todo el mundo aplaudió a rabiar, porque el mago parecía muy capaz de fulminarlos con la mirada en caso contrario.

Aparecieron después unas bailarinas zíngaras, con un oso que daba bastante pena; luego, un payaso muy malo; más tarde, tres o cuatro lanzadores de cuchillos, que a más de un espectador dieron ganas de esconderse bajo el asiento, y otro mago de diferente clase: parecía algo melancólico, llevaba un traje de colorines y la cara cubierta por una máscara.

Tampoco su actuación prometía mucho. Comenzó mostrando a todos el interior de una sopera, para dejar ver que estaba completamente vacía; luego, la cubrió con un paño, hizo unos pases más o menos mágicos, la tocó con la im-

prescindible varita y, acercándose a la princesa, pidió, por señas, que destapara la sopera.

No tenía ella muchas ganas de participar en semejante tontería; pero un delicado pisotón de la reina la hizo sonreír una vez más.

—Claro. Con mucho gusto —dijo, educadamente, y alzó el paño que cubría la dichosa sopera.

Una rana enorme saltó hacia ella.

—¡Ay! —chilló, sorprendida, la princesa.

Pero, sobreponiéndose en seguida, usó su propio velo a modo de red, para atrapar a la fugitiva rana, que estaba ya sembrando el pánico entre las damas y algún que otro caballero. Una vez apre-

sada, se arrodilló junto a ella, y la besó.

La rana, por descontado, siguió siéndolo.

En cambio, el supuesto mago, quitándose la máscara, sonreía con el rostro del príncipe Rainer, mientras, tomando la mano de su esposa para ayudarla

a levantarse, murmuraba emocionada-
mente:

—¡Acabas de demostrar que todavía
me amas!

—¡Pues claro, tonto! —contestó ella,
abrazándole, muy feliz—. ¿O crees que
me dedico a besar ranas por deporte?

El príncipe de Perulandia fue muy comprensivo: como allí ya no pintaba nada, se dedicó a contar chistes a los invitados, obteniendo mucho más éxito que todos los artistas anteriores. Luego, tranquilamente, cogió su carroza y se volvió a su país.

El rey y la reina no parecían muy satisfechos con el regreso del príncipe Rainer. Hasta que éste les contó cómo, pudiendo ser un gran guerrero y destronarlos, gracias a las mágicas artes de la bruja, no lo había hecho. Por si acaso en el futuro cambiaba de opinión, procuraron, a partir de entonces, poner buena cara.

En cuanto al príncipe y la princesa..., pues vivieron felices, comiendo perdices sólo de cuando en cuando. Alguna vez, Rainer decía:

—Hasta mañana, querida esposa: voy a visitar a mis amigas las ranas. Me apetecen muchísimo unas cuantas moscas, y además estoy harto de tanta etiqueta palaciega y tanta zalema.

—Que te diviertas, amado esposo. Y cuidado con los cazadores de ranas...

—¡Oh, no te preocupes por eso! Estoy seguro de que todavía no se les ha pasado el susto, y no se atreverán a volver por nuestros ríos.

Entonces, cogía a Tritón, y se iban tan contentos hasta el río, donde Roni y Runi eran ya padres de una multitud de regordetes y saltarines renacuajos.

A la salida del Sol, ya se sabía:

—¡Croac, croac, croac!

Y a gustar las delicias incomparables de ser, siempre que así le apeteciera, rana por un día...